S0-ATJ-235

¡Todo por
la fama!

DISCARDED FROM
GARFIELD COUNTY
LIBRARIES

Garfield County Libraries
Parachute Branch Library
244 Grand Valley Way
Parachute, CO 81635
(970) 285-9870 • Fax (970) 285-7477
www.GCPLD.org

DISCARDED FROM
GARFIELD COUNTY
LIBRARIES

Garfield County Libraries
Silt Branch Library
680 Home Avenue
Silt, CO 81652
(970) 876-5500 Fax (970) 876-5921
www.GCPLD.org

¡Todo por la fama!

Ana García-Siñeriz
Jordi Labanda

 DESTINO

DESTINO INFANTIL Y JUVENIL, 2015
infoinfantilyjuvenil@planeta.es
www.planetadelibrosinfantilyjuvenil.com
www.planetadelibros.com
Editado por Editorial Planeta S. A.

© del texto: Ana García-Siñeriz Alonso, 2015
© de las ilustraciones de cubierta e interior: Jordi Labanda, 2015
© Editorial Planeta S. A., 2015
Avda. Diagonal, 662-664, 08034 Barcelona
Diseño de cubierta y maquetación: Kim Amate
Primera edición: enero de 2015
ISBN: 978-84-08-13602-6
Depósito legal: B. 24.192-2014
Impreso por Liberdúplex
Impreso en España – Printed in Spain

El papel utilizado para la impresión de este libro es cien por cien libre de cloro
y está calificado como papel ecológico.

No se permite la reproducción total o parcial de este libro, ni su incorporación a un sistema
informático, ni su transmisión en cualquier forma o por cualquier medio, sea éste electrónico,
mecánico, por fotocopia, por grabación u otros métodos, sin el permiso previo y por escrito del edi-
tor. La infracción de los derechos mencionados puede ser constitutiva de delito contra la propiedad
intelectual (Art. 270 y siguientes del Código Penal).
Diríjase a CEDRO (Centro Español de Derechos Reprográficos) si necesita fotocopiar o escanear algún
fragmento de esta obra. Puede contactar con CEDRO a través de la web www.conlicencia.com o por
teléfono en el 91 702 19 70 / 93 272 04 47.

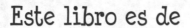

Este libro es de

....

Empecé a leerlo el ....de ....de............

Lo terminé el ....de ....de............

Me lo regaló ....

Elige la casilla correcta cuando hayas terminado de leerlo

☐ ¡Es el mejor de todos!
(Espera a leer toda la colección.)

☐ Gran texto, ilustraciones extraordinarias
(De mayor quiero ser crítica literaria, ejem, ejem.)

☐ No me acuerdo de cómo se llamaba...
(Vuelve a la primera página y NO te saltes trozos, je, je.)

☐ ¡Es mi libro favorito!
(ÉSTA es la respuesta acertada; muy bien, ¡bravoooo!)

Hola, ¡somos La Banda de Zoé!

Y Zoé... soy **YO**.

Mis amigos son Liseta, Álex, Marc y *Kira*. Nos reunimos en nuestro **gallinero** (bueno, el de las gallinas *Mía* y *Pía*, pero a ellas no les importa). Y *Kira* también es miembro de La Banda, aunque sea un perro, ¡sabe ladrar «en clave»!

Matilde es mi hermana, y además, una cantante de rock superfamosa. Su grupo se llama *French Connection* y es lo más. La persiguen los fotógrafos, y su sueño es pasar completamente inadvertida pero... es muy difícil.

Yo vivo con mi madre (¡la adoro!) y mi hermano Nic en un sitio en el que **NUNCA** pasa nada... ¡es un rollo! Menos mal que, de vez en cuando, esto se anima...

Y mi padre es... bueno, mi padre es genial.

Nos gusta resolver misterios y divertirnos.

¿Te apuntas?

Liseta quiere ser famosa

¡No hay nada que me guste más que los sábados!

SÁBADO
20
MAYO

Todo un fin de semana por delante, el domingo taponando el lunes, Nic fuera de casa con su equipo de deporte, mamá en el mercado bio con sus tomates ecológicos, y *Kira* y yo, con una única obligación: un larguísimo paseo.

Estaba disfrutando de mi mañana de sábado cuando...

—¡¡¡ZOÉÉÉÉÉÉÉÉÉÉÉÉÉÉÉÉÉ!!!

Ese grito tan potente podía pertenecer en primer lugar a un vozarrón: el de mi hermano Nic (¡pero era imposible!, tenía final de liga de colegios)... Por lo tanto, sólo quedaba la segunda opción: mi amiga Liseta en un tremendo estado de nerviosismo y excitación. Y resultó ser la opción correcta.

Liseta entró como un tren de alta velocidad en mi cuarto.

—NO SABES LO QUE ACABO DE VER —exclamó tirando un peluche y echando a *Kira* de mi lado, que saltó antes de que la aplastara.

—¿Qué has visto que te ha impresionado tanto? —pregunté—. ¿Una **ONG** que regala bolsos de Louis Pitton? ¿Un lápiz de labios que dura treinta años? ¿A los **One Perfection** en bicicleta?

—¡¡NOOOOOO!! —gritó fuera de sí—. ¡Tienes que levantarte y verlo por ti misma! ¡Es lo mejor que nos ha pasado desde que capturamos al Fantasma Blanco! ¡Desde que descubrí las cookies de chocolate! ¡Desde que mi madre me dejó (por fin) pintarme las uñas de los pies!

—OK, OK —le dije levantándome de un salto. **¡Mi sábado, a la porra!** Y a Liseta, a punto de darle uno de sus ataques...

Kira me esperaba ya junto a la puerta, mientras Liseta me lanzaba la ropa sin combinar la camiseta con el pantalón...

¡Eso sí que era estar fuera de sí!

—¡Venga, Zoé, que no tenemos todo el día! —exclamó saliendo hacia el salón—. Tenemos que ser las primeras, antes de que lo vean... Carla y Marla.

—Dame una pista —le pedí mientras salíamos de casa a toda mecha—. ¿Tiene que ver con la ropa?

—NO —respondió acelerando el paso.

—¿Peinados, maquillaje, perfumes?

—NO.

—¿Bolsos, zapatos, collares o pulseras?

—¡¡NOOOO!!

—¿Pelucas, loros, micrófonos ocultos, misterios?

—¡QUE NO!

—¿Famosos, estrellas de cine, cantantes?

Liseta se detuvo en seco. Ahí, me daba la impresión de que había acertado. ¡Y habíamos corrido más de dos kilómetros en un tiempo récord!

—¿Es aquí? —pregunté extrañada.

¡Liseta me había llevado a la puerta del colegio!

Por toda respuesta me señaló un cartel recién pegado al lado de la verja cerrada, porque como ya he señalado antes, era sábado; un sábado que había comenzado muy tranquilo...

¡Pero no lo iba a ser!

Kira me miró con ojos de resignación. El paseo, a paseo.

—¡Mira! —exclamó Liseta señalándome un cartel—. Lee.

Si tienes entre siete y catorce años, un grupo de amigos divertidos, ganas de ser famoso y una gran voz...

¡HOY ES TU DÍA DE SUERTE!
¡LLEGA EL GRAN CONCURSO DE LA TELE!

operación VOZARRÓN

Haz las pruebas mañana en tu colegio y...
Conviértete en una ESTRELLA de la música

¡¡¡YEAHHHH!!!

PD: MUY pocas inscripciones...
¡Si queréis participar, darsus prisa!

Operación Vozarrón

Así que era eso: ¡Liseta había encontrado su manera de hacerse famosa!

—Pues sí, lo tengo todo: los amigos, las ganas y la voz.

—¡EL VOZARRÓN! —exclamó un vozarrón detrás de nosotras. ¡Cómo volaban las noticias! Eran Carla y Marla revoloteando cual moscas cerca de un tarro de miel.

—Qué casualidad —señaló Carla—. Nosotras también cumplimos con todos los requisitos, ¿verdad, Marla?

—Pues sí —afirmó ésta mirándonos retadora—. Y sobre todo, el de la voz, ¿verdad, Carla?

Y se puso a cantar a voz en grito como un gato al que alguien hubiera pisado el rabo, pero bien pisado.

—ok, ok —cortó Carla tapándose visible-mente los oídos—. Es suficiente. Ya nos has demostrado que como cantante heavy no tienes precio.

Liseta y yo nos miramos, aunque no dijimos nada.

—Bueno, parejita de margis. —Carla no desaprovechaba ocasión de fastidiarnos—. Nos vamos a ensayar, que Marla todavía tiene que afinar un poco. ¡CHAO!

Liseta parecía un globo a punto de estallar, aunque no estalló hasta que las dos pestíferas amigas doblaron la esquina del cole.

—¡¡No las aguanto!! —explotó—. ¿Por qué no pueden dejarnos en paz?

Traté de calmar a Liseta.

—Tienes que entender que ellas también tienen derecho a presentarse —las justifiqué—. Y además, con lo bien que canta Marla, no creo que tengan muchas oportunidades, ¿no te parece?

—¡Claro que tienen derecho! —reconoció Liseta—. Pero no sé por qué me imagino que usarán alguno de sus truquitos para quedar por encima de los demás...

¡Y cantar fatal no es ningún problema para convertirte en un cantante famoso... Conozco a **MILES!**

En eso tenía toda la razón. Y también era verdad que Marla y Carla no siempre jugaban del todo limpio. Pero si Liseta quería presentarse, lo primero que tenía que hacer era convencer al resto de la Banda, y eso no iba a ser tarea fácil. Sobre todo, conociendo a Álex.

—Zoé, por favor, por favor... ¡Tenemos que ir a apuntarnos ya! —me apremió—. A ver si vamos a quedarnos fuera. Lo decía el cartel: «Muy pocas inscripciones».

—Ya, pero que Álex y Marc acepten participar en **Operación Vozarrón** —señalé— no lo veo tan fácil.

Liseta me agarró del brazo y me arrastró con ella. Aunque no me había dicho nada, sabía adónde me llevaba: a buscar a Marc y a Álex para convencerlos de que nos presentáramos.

Tenía la mirada fija en el camino. Y podía imaginarme sus pensamientos con toda claridad: se veía triunfando, saliendo de su lujoso hotel en limusina, vestida de largo con diseños exclusivos y siendo la cantante estrella de un nuevo grupo de fama mundial.

¡LA BANDA DE LISETA!

Un jurado muy potente

Desgraciadamente, llegó el lunes. Y con él, el jurado del concurso **Operación Vozarrón**. **¡El colegio estaba revolucionado!** Mr. Plumilla nos reunió a todos en el gimnasio para tratar de poner orden:

—Mis queridos jóvenes —dijo dirigiéndose a todos—. ¡Qué placer para mis cansados ojos contemplar a una juventud ilusionada, entusiasta ante el reto de mostrar al mundo la armonía de sus voces, cantando todos a una, sin absurdas rivalidades!

—¡QUEREMOS SER FAMOSOS! —gritó una voz al fondo—. ¡Y PASAR DE LOS CEROS DE MR. PLUMILLA!

El dire hizo como que no oía los comentarios. Ya estaba acostumbrado a que sus discursos fueran recibidos con cierta, ejem, oposición.

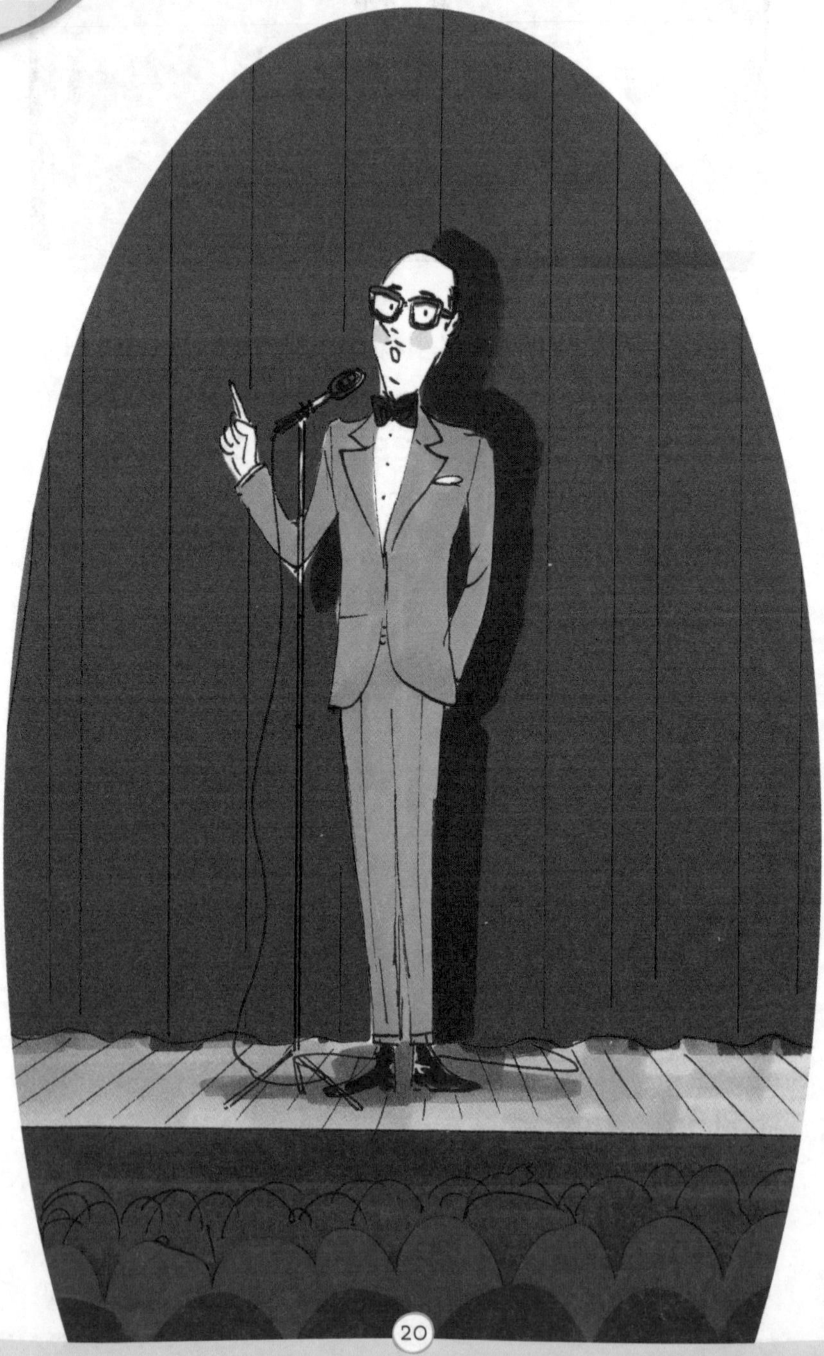

—Vale, vale —aceptó—. Presento al jurado y después inscríbanse... ¡Y dejen el pabellón de esta escuela muy alto!

Una lluvia de bolas de papel cayó sobre él desde los bancos del fondo del gimnasio. ¡Pobre Plumi! Si él sólo quería que nos fuera bien a todos...

—¡Una bolita más, y hoy todo el mundo recibe ración doble en el comedor! —amenazó.

Los lanzamientos cesaron en ese mismo instante y Mr. Plumilla se dio la vuelta para hacer pasar al primero de los jurados.

—¡TENGO EL GRAN PLACER DE PRESENTARLES A **TXISPA**, LA GRAN CANTANTE INTERNACIONAL! —anunció.

Parecía transformado. ¡No lo hacía nada mal!

—¡¡TXISPA!! —exclamó Álex—. Me encanta cuando baila haciendo esas cosas tan raras. Y cuando grita eso de...

—¡HOOOOOOO-LA, MOSTRENCOS! —saludó Txispa con toda la fuerza de sus pulmones, que era mucha.

¡¡¡HOOOOO-LAAAAAA!!!

Respondimos todos los mostrencos a la vez.

¡VAIS A GANAR EL VOZARRÓN!

¿Todos?

—Eso es imposible —dijo Álex, siempre mirando el lado práctico de las cosas.

—Es una forma de hablar —explicó Marc—. Como para darnos ánimos. Los cantantes hablan así con su público...

—Pues yo no lo entiendo —señaló Álex.

Txispa hizo unos pasitos de baile en el escenario y todo el mundo se puso a gritar y a aplaudir como loco. ¡Era la mejor! Entonces Mr. Plumilla apareció de nuevo, todo sudoroso y temblando de los nervios.

—Ahora sí que tenemos una verdadera estrella. ¡SÍ! —gritó.

Todo el mundo se preguntó quién podría ser más grande que Txispa... ¿Matilde? ¡Imposible! Me habría avisado...

—Con garra, con fuerza, con todo lo que ella tiene dentro, que es mucho... Con todos ustedes, MERY MOCKINGBIRDIES, su acordeón y su coro de ruiseñores amaestrados. ¡UNA CRACK!

¡Arghhhhh! Mery Mockingbirdies era la cantante favorita... ¡de mi abuela!

—¡QUÉ TOSTÓN! —exclamó Álex sin percatarse de que Mery estaba a menos de medio metro—. Yo prefiero a Txispa sin acordeón, ruiseñores ni nada.

—Pues Plumilla, claramente no —señaló Marc.

Mery nos lanzó una gran sonrisa y tocó unas cuantas notas con su acordeón mientras los ruiseñores volaban alrededor del director del cole, que bailaba en éxtasis. ¡Qué espectáculo! Álex, Liseta, Marc y yo bajamos los ojos, algo abochornados de ver a nuestro dire, al que teníamos cariño aunque nos pusiera demasiados ceros, dando el cante de aquella manera.

Mr. Plumilla se secó la frente con un pañuelo, abandonó a los ruiseñores y volvió al escenario, esta vez con un personaje que no nos sonaba de nada.

—¡UF, QUÉ MOMENTAZO!—exclamó con su sonrisita de conejo—. Esta condenada Mery tiene un ritmillo endiablado.

Las voces del fondo no se atrevieron a expresarse más que con un sonoro ¡UUUUU-HHHHHH! (muy fuerte).

Pero Mr. Plumilla no hizo ni caso y siguió a lo suyo.

—Continuando con mi modesta contribución como presentador de este insigne jurado, tengo el placer de presentarles a nuestro último y megafamoso artista... ¡BIG RONNIE!

Se hizo un silencio total. Vamos, que no se oía ni una mosca. Hasta que, de repente, desde el fondo del gimnasio...

—¿Y ése quién es?

Mr. Plumilla carraspeó incómodo y Big Ronnie tosió nervioso.

—Bueno, seguro que muchos me conocen pero prefieren ser discretos —dijo el ser desconocido que había presentado Mr. Plumilla.

—¡No, oiga; aquí no lo conoce ni el gato!

La voz del fondo era cada vez más impertinente. Y Big Ronnie tenía cara de querer cargarse a alguien.

—Para su información: soy Big Ronnie, el primer ganador de **Operación Vozarrón**, así que sí que soy muy famoso.

Mr. Plumilla asintió.

—**¡Es famosísimo, por descontado!** **Megafamous**, como decís vosotros, los jóvenes modernuquis, je, je. Y un chico excelente, por descontado.

La cara de Big Ronnie era un poema. A quien quería cargarse ahora era al pobre Plumi, que hacía todo lo que podía para señalar lo famoso que era el jurado de **Operación Vozarrón**. Y conseguía el efecto contrario.

—**¡YO FUI EL PRIMER GANADOR!** —lanzó enfurecido—. El público me eligió a mí.

—**¡PRINGADO!** —se oyó desde el fondo—. No vendiste ni dos pipas.

—¡Todo el mundo me votó! —gritó—. La gente me reconocía por la calle, me abrazaba, me arrancaba la camiseta... ¡Era una locura! ¡Me adoraban!

—Eso fue hace mucho tiempo, ¿no? —gritó la malvada voz del fondo—. Ahora no saben si les suena tu cara porque eres el del kiosco de la esquina.

—¡Me merezco ser famoso! —terminó Ronnie casi sollozando—. **YO GANÉ**.

Mr. Plumilla le dio unas palmaditas en la espalda, le pasó su pañuelo y después se volvió hacia todos nosotros.

—¡Se acabó! Alumnos desalmados y sin corazón... ¡La fama es dura y tiene su cara amarga! Ya es hora de que lo aprendáis. Pero quien no reconozca a este gran artista... ¡RACIÓN DOBLE!

Y entonces, todos gritamos:

—¡VIVA BIG RONNIE! (incluso desde el fondo) ¡Y QUÉ FAMOSO ES!

Txispa

Ocupación
Cantante y tocadora de Txistu (y jurado de **Operación Vozarrón**).

Señas de identidad
Llama a todos sus seguidores mostrencos.

Ama
El txotis, las txapelas y el txocolate.

Odia
Los txicles y los txupatxuses.

Ocupación
Cantante folk y
entrenadora de
ruiseñores (y jurado
de **Operación Vozarrón**).

Señas de identidad
Un amor desmedido
a sus pajaritos y su
acordeón.

Ama
Los trinos y los cantos
de las aves.

Odia
El ruido de la
música heavy.

Mery Mockingbirdies

Big Ronnie

Ocupación
Antiguo ganador de
Operación Vozarrón
(y jurado del mismo).

Señas de identidad
Se esfuerza en comportarse
como una estrella, pero no cuela.

Ama
Cuando alguien lo reconoce
(aunque sea su portera).

Odia
El olvido.

La banda de Liseta

¡Llegó el momento de la inscripción!

Liseta había conseguido convencernos a todos de que teníamos que presentarnos. A Álex tuvo que prometerle que podría mantenerse en el anonimato cuando nos hiciéramos famosísimos; a Marc, que todo lo que ganáramos lo destinaríamos al fomento de la lectura, y a mí... me convenció delante de un helado de tres bolas de chocolate negro, vainilla y crema de chocolate con avellanas, salpicado de almendras garrapiñadas y un montón de nata: ¡Mortal!

—Sólo un pequeño detalle —precisó Álex—. ¿Cómo nos llamaremos?

Liseta la miró fijamente y respondió sin titubear.

—Está claro —dijo—. La banda... de Liseta.

—¿Cómo que ESTÁ CLARO? —dijo Álex—. ¿Y por qué no La banda de Álex?

—O la de Zoé, je, je —añadí tímidamente.

—Típico de los grupos de rock —comentó Marc—. En cuanto triunfan, aparecen las rivalidades, los egos y los problemas.

—¡Pero nosotros no hemos triunfado! —señalé—. ¡Ni nos hemos inscrito! ¡Ni siquiera somos un grupo!

—¡**Peor todavía!** —reconoció Marc abatido—. ¿Que nos pasará cuando triunfemos?

Teníamos que superar ese primer bache como Banda o no conseguiríamos pasar del primer casting. Propuse una solución democrática.

—Cada uno que piense un nombre y luego votamos todos en secreto. El nombre que más votos tenga... **¡Será el de la banda!** ¡Y no vale votar por el suyo!

A todo les pareció bien, aunque Álex no entendía por qué no elegíamos directamente **LA BANDA DE ÁLEX**, que sin duda alguna era el mejor.

Liseta cambió de opinión y propuso **Liseta y sus Lissettes**.

—Me opongo —advirtió Marc—. Jamás seré una Lissette. **¡Ni en cien años!**

Hizo una contrapropuesta:

LOS DON QUIJOTES
(que tampoco tuvo mucho éxito, tengo que reconocer).

—¡Ni lo sueñes! No pienso llevar perilla y lanza en un jamelgo pulgoso —señaló sarcástica Liseta—. Y desde luego, no sé quién puede pedirse ser Sancho Panza. ¡Tenemos que tener un grupo con nombre glamouroso! Para llevar ropa chula y peinados estrambóticos, como Lady KK!

La cosa se estaba poniendo calentita...

—¿Qué os parece ZOÉ & THE GANG? —lancé, así, de buenas a primeras. Y empezó la votación. Y, curiosamente, el nombre que yo había propuesto... salió elegido. Así que ya éramos oficialmente ZOÉ & THE GANG.

—Ahora falta decidir qué tipo de música vamos a hacer y cuál es nuestra estética —añadió Liseta—. ¿*Funky*? ¿PUNk? ¿HEAVY? ¿DISCO? ¿RAP?

—Yo prefiero el HEAVY —dijo Álex.

—Pues yo, el PUNk —desveló Marc—. Ponerme imperdibles y llevar cresta y todo eso...

—¡HuY! —se sorprendió Álex—. No te pega nada. A mí, sin embargo, me mola mazo llevar pelo largo y chaleco y camisetas negras y todo eso...

—No, no y no —se opuso Liseta—. Tenemos que ser un grupo elegante y refinado, vestido a la última moda. Polce y Bandana, Palentino o Trucci. Y ya.

Álex y Marc no podían estar menos de acuerdo.

—¡En fin! Que vamos a tener que votar otra vez —resumí.

Cada uno apuntó en una papeleta su propuesta... y al final, salió la de Liseta.

—¡Seremos un grupo de gente bien vestida! —exclamó triunfante—. Y haremos música **Funky**.

—¿Y eso qué es? —preguntó Álex.

—Pues... música —dijo Liseta—. Pero con un toque muy chic... ¡y vestidos fabulosos!

¡¡¡CRAAAAAAAACCCCC!!!

—¿Qué ha sido eso? —preguntó Liseta extrañada.

—Ni idea —dije—, no le des importancia... ¡Una puerta que acaba de cerrarse!

Bueno, pues sólo faltaba convertirnos en ZOÉ & THE GANG e inscribirnos en **Operación Vozarrón**.

¡Y ganarlo!

Marla & the Copiotas

Liseta y yo volvimos al gimnasio, donde el jurado apuntaba a los grupos inscritos, acompañados de Mr. Plumilla.

—¡Hoooooo-la, mostrencas! —nos saludó Txispa—. Si habéis venido a inscribiros, estáis en el sitio adecuado. Si no...

—¡AIRE! —dijo Big Ronney con cara de pocos amigos.

Mr. Plumilla nos empujó hacia ellos.

—Éstas son dos queridísimas alumnas, que no siempre hacen los deberes, pero que, aunque pillinas, son buenas chicas, je, je.

—Gracias, Mr. Plumilla —dije sonriéndole.

—¡Hala, pues apuntarsus! —dijo Txispa tendiéndonos el cuaderno.

Liseta cogió un boli y escribió con su mejor letra:

SOLICITUD DE INSCRIPCIÓN
(¡Con buena letra, monstrencos! :P)

GRUPO:

Zoé & the Gang

MIEMBROS:

Zoé, Liseta, Álex, Marc y Kira

TIPO DE MÚSICA:

Funky

CANCIÓN:

Let's have funk

—¡VAYA! —exclamó Txispa—. Me temo que no podéis inscribiros.

Sus palabras cayeron como un jarro de agua fría encima de Liseta.

—Pero ¿por qué? —preguntó sorprendida—. ¿Hemos llegado tarde?

—No —dijo Ronnie—, pero ya hay otro grupo casi idéntico al vuestro..., excepto por los miembros. ¿Quién es este *Kira*, chico o chica?

—Digamos que... perro —corté yo—. Pero explíquenos qué es eso de «otro grupo casi idéntico».

Mr. Plumilla me miró con cara de reproche, como siempre que *Kira* andaba (a cuatro patas) de por medio.

—Zoé, tengo que recordarte que las actividades escolares son exclusivamente para alumnos matriculados en el centro.

—Ya, ya —atajé—, lo del grupo idéntico.

Mientras me preparaba para discutir con Mr. Plumilla, Liseta trataba de recomponerse después de la noticia, que la había dejado muy afectada.

—¿No será por lo de *Kira* por lo que no podemos participar, verdad? —insistió.

—No, no —respondió Txispa—. Os lo hemos dicho: ya hay otro grupo como el vuestro. ¿No lo habréis copiado? —dijo tendiéndonos un cuaderno.

SOLICITUD DE INSCRIPCIÓN
(¡Con buena letra, monstrencos! :P)

GRUPO:
Marla & the Gang

MIEMBROS:
Carla y Marla

TIPO DE MÚSICA:
Funky

CANCIÓN:
Let's have funk

Liseta casi se cae de espaldas sin respiración.

—¡Me falta el aire! —exclamó agitando los brazos.

—Pero si es igual que el nuestro —señalé incrédula.

—Eso mismo digo yo, guapa —anunció Txispa señalándome la puerta de salida.

—¡Son ellas las que nos han copiado! —gritó Liseta recuperando el aire súbitamente—. Deberían ser Marla & the Copiotas...

Nos han robado el nombre, la canción...
¡Todo! Seguro que estaban escuchando
detrás de la puerta. ¡Lo hacen siempre!

Mr. Plumilla se acercó tímidamente.

—No es que yo quiera intervenir ante tan
magno jurado —dijo pomposamente—.
Líbrenme los dulces pajarillos de la seño-
rita Mockingbirdies, je, je.

Txispa no daba crédito.

—¿Habla siempre así, como si fuera un
abuelete del siglo XIX?

Nos limitamos a sonreír tímidamente.

—Lo que quería decir, Madame Txispa...

—Con Txispa a secas vale.

—Lo que quería decir —insistió el dire— es
que, ejem, bueno, las jóvenes que se pre-
sentan como Marla de las Gangas...

¡Marla & the Gang!

—¡**Eso!** —dijo PLUMI—. Pues eso, que tienen un largo historial de, ejem, actividades insolidarias... y copias variadas de exámenes versión chuleta de papel, ojeo al papel del vecino, libro abierto en las rodillas e incluso técnicas sofisticadas, como escucha ilegal con pinganillo en la oreja y/o espionaje con radiofrecuencia y, por supuesto, orejismo a través de las puertas: su especialidad ¡**Unas maestras en el arte de copiar!**

—¡Vamos, que son unas **COPIOTAS**! —gritó Liseta muy enfadada.

—Y aunque a veces equivocadas, sobre todo cuando hay canes de por medio, tengo que reconocer que estas criaturas aquí presentes no son del todo malas.

Txispa, Mery y Ronnie escucharon el discursito de nuestro director atentamente mientras Liseta y yo estábamos a punto de lanzarnos a su cuello y cubrirlo de besos y abrazos, de puro agradecimiento. ¡**Ése era nuestro Plumi, sí señor!**

—OK, monstrencas —aceptó Txispa—, os daremos una nueva oportunidad. Presentaos con un nombre diferente y otra canción, ¡y que ganen los mejores!

¡BIEN!

Porque los mejores seríamos nosotros...

—*LOS ZOHETTES*. ¡Se me acababa de ocurrir!

Duelo de grupos

Y al día siguiente, ¡qué nervios!, comenzaron los castings para elegir dos grupos finalistas. El presentador volvía a ser el único, el inimitable..., el pelmazo de Mr. Plumilla.

—Con todos ustedes, señoras y señores... Estimado y amado público: ¡el dúo *Funky*!...

¡¡¡Maaaaarla GANGAAAAAA!!!

Marla y Carla salieron al escenario con cara de pocos amigos.

—Se dice Marla & the Gang, ¿vale?

Y empezaron a destrozar la canción del último disco de Matilde, *Let's have funk*. El jurado escuchaba la canción (aunque en un momento, Ronnie se tapó los oídos con dos servilletas de papel enrolladas como un cucurucho y ponía cara de seguir la música).

Cuando terminaron, sonaron unos pocos aplausos, y Carla y Marla salieron del escenario sacándonos la lengua. Era nuestro turno.

—Y ahora, es el momento de... ¡¡¡LOS ZOQUETES!!! —dijo Mr. Plumilla lleno de energía.

—Es **LOS ZOHETTES** —cuchicheó Liseta.

—Da igual —dije—. Lo importante es nuestra actuación y gustarle al jurado.

Álex agarró su guitarra eléctrica, *Kira* sujetó la pandereta con el morro, Marc elevó las baquetas de la batería y Liseta y yo nos dispusimos a cantar delante del micrófono. Y en ese mismo instante, desaparecimos.

¡¡¡OHHHHHHHH!!!

¡Increíble pero cierto!, el suelo se abrió bajo nosotros y perdimos al público de vista. Nos encontramos de repente dentro de unos barriles llenos de plumas que habían sido colocados estratégicamente.

Tengo que confesar que, pasado el susto, no fue del todo desagradable. ¡Casi divertido! Y la gente se puso a aplaudir como loca. Pensaban que la caída formaba parte de nuestro espectáculo. **¡Ni de broma!**

Escuchamos a Mr. Plumilla de nuevo en el escenario tratando de arreglar el lío.

—No sé qué ha podido pasar, cáspita, pero vamos a ver si los Zopeletes estos salen de su agujero para deleitarnos con alguna de sus canciones.

—Y antes de que pudiéramos mover ni una ceja, súbitamente, la trampilla del escenario cayó bruscamente ¡y nos dejó encerrados!

—Esto ya no tiene gracia —dijo Liseta sacudiéndose las plumas—. Aquí hay alguien que no quiere que actuemos, está claro.

—¡Puef no lo va a confeguir! —exclamó Álex escupiendo unas cuantas plumas—, ah, ah... ¡AAAAAAHHHHHH!

¡Pobre Álex! Con tanta energía había desestabilizado su barril, que se había puesto a rodar por encima de las maderas del suelo. Y con tan mala pata que empujó el barril de Marc, y luego, el de Liseta... ¡Y al final, el mío!

—¡SOCOOORRROOO! —gritamos todos chocando los unos contra los otros.

Aquello parecía un festival de autos de choque locos y en barril. Por fin, mi barril se estrelló contra una pared y pude agarrarme a un saliente y parar aquella loca carrera de lado a lado.

—¡Qué mareo! —exclamé—. Puf, veo tantos pajaritos como tiene Mery Mockingbirdies, pero todos alrededor de mi cabeza.

—¡Y yo! —exclamó Álex—. Pero los míos, además, van dejando montones de plumas por el camino.

Marc y Liseta salieron a cuatro patas de sus barriles. ¡La única que se había librado era *Kira*!

—Carla y Marla han pasado al plan **B** —dijo Liseta—. **B** de barril, *of course*.

—Pues nosotros vamos a pasar al plan **A** —dijo Álex recuperándose poco a poco.

—¿**A** de Álex? —pregunté.

—No... —respondió—. **A** de...

APLASTARLAS.

Bye, bye, Ronnie

Nuestra actuación salió... regular, hay que reconocerlo. Resultaba muy difícil cantar escupiendo plumas a cada momento. Y el movimiento de los barriles nos había dejado un tanto mareados. Aun así, milagro, conseguimos pasar a la final. Y el otro grupo elegido resultó ser...

¡LA GANGA DE PARLA!

—¡P F F F F F! —dejó escapar Marla—. ¡Se dice Carla & the Gang, Mr. Plumilla. ¡Oiga, qué manía! ¿O quiere que lo llamemos Mr. Pelusilla?

Liseta, Álex, Marc y yo nos miramos (y nos reímos de lo de Pelusilla, lo reconozco). Había que pensar un plan; no pensábamos dejar que Carla y Marla nos eliminaran con sucios truquitos ni vulgares plumas de pato. ¡Ni hablar!

Marla se nos acercó con cara de venir a chinchar.

—Uhuuuu..., ¿qué tenéis pensado para el día de la gran final? ¿El canto del cisne? Porque el del pato se os da genial, je, je.

—¡Vas a alucinar! —dijo Álex—. Va a ser la bomba, lo nunca visto, el no va más. Y lo del canto del cisne que sé que es el canto de despedida, que sepas que lo cantarás tú, porque Carla ya canta como un gato escaldado.

Marc, Liseta y yo tratamos de detener a Álex en su perorata, pero no había manera. ¡Estaba lanzadísima!

—¡Y lo mejor será cuando el jurado se quede boquiabierto y nos elija los mejores de todas las ediciones! ¡Tiembla, Big Ronnie!

—**¡Huy, qué miedo!** —exclamó Carla guiñándole el ojo a Álex.

En ese momento vimos como la gente corría hacia el escenario otra vez. ¡Menudo alboroto! ¿Qué podía pasar?

—Lo siento, Marla de Parla —dijo Liseta—, pero tenemos que enterarnos de qué pasa allí en lugar de aquí... ¿Lo pillas, verdad?

Y salimos pitando con *Kira* a la cabeza. Txispa y Mery Mockingbirdies se miraban con cara de sorpresa, mientras sujetaban un trozo de papel arrugado.

—¡**No lo entiendo!** —se lamentaba Txispa—. ¡Dejar **Operación Vozarrón**, el mejor concurso de cantantes del mundo mundial! Es un Monstrenco totaaaaaal.

—Tendrá sus razones —apuntaba tímidamente Mery, con una voz que más parecía de uno de sus ruiseñores que de persona.

¿De quién estaban hablando? Porque de Marla & the Gang seguro que no era...

Entonces, Txispa leyó algo que le llamaba la atención.

—¡Esto sí que no lo entiendo, Mery! —dijo fijando la vista en el papel.

«Creo que lo mejor será que yo abandone el jurado cuanto antes... ¡Adiós y que os zurzan a todos!»

—Es tan poco de Ronnie comportarse así... —dijo Mery.

¡Así que era eso! Big Ronnie había abandonado el jurado de **Operación Vozarrón**!

¿Y ahora qué?

—Habrá que suspender el concurso —anunció Txispa—. Las reglas no permiten que haya sólo dos jurados... Y tus ruiseñores no cuentan, maja.

—¡Suspenderlo! —se lamentó Mery—. ¡Qué disgusto se van a llevar mis pobres pajarillos!

Liseta se adelantó hacia ellas como si alguien le hubiera pisado muy fuerte el dedo gordo del pie.

—¡El concurso no puede acabarse ahora! —exclamó.

—¡Eso! —secundó Carla, que llegaba corriendo, casi sin aliento, pero había pillado la frase de Liseta.

Ni ella ni Liseta dejarían pasar su oportunidad por nada del mundo. ¡Las dos querían ganar **Operación Vozarrón** y un jurado menos no iba a impedírselo! Y de repente...

—¡Tengo una idea! —exclamé.

Todas las cabezas se volvieron hacia mí, incluida la de Liseta (y la de Carla).

—¿Y si hubiera un tercer jurado?

Txispa sonrió con suficiencia.

—¿Te refieres a uno de tus amiguitos? ¿Quizá un perrito? ¿O al director que habla como una obra de teatro del siglo pasado?

—¡No! —negué con fiereza—. Me refiero a una artista internacional y megafamosa...

—Ya —cortó Txispa—. Tipo Lady KK o Cristina Pirrilera, ¿no?

—¡Qué va! —le dije—. Ninguna de ésas... Una **megafamosa**, buena cantante y ¡guapísima!

¿Valdría o no?

Un jurado imposible

Pues sí. Valió.

¡La llegada de Matilde fue todo un acontecimiento! Primero, porque apareció en helicóptero.

Segundo, porque no sólo vino Mr. Plumilla a recibirla, sino también el alcalde, Txispa y Mery con el coro de ruiseñores al completo. Y tercero, porque Marla y Carla se pegaron con varios fans en la cola para tratar de conseguir un autógrafo ¡de mi hermana! Si ellas supieran...

—Pues a mí me ha dicho Matilde que nuestra canción es su favorita —nos dijo Marla, nada más conseguir que Matilde le firmara una camiseta con un simple *Love, Matilde*.

—Y a mí, que seguro que ganamos —añadió Carla, claramente para fastidiarnos. ¡Era imposible que mi hermana hubiera dicho eso!

Esa misma tarde se reanudarían los castings y tendríamos una segunda oportunidad. Y entonces me di cuenta de mi error.

—¡No podemos presentarnos! —exclamé consternada.

—¿Por qué? —preguntó Liseta—. Si ya hemos ensayado la canción mil veces y nos sale de miedo.

—Acabo de darme cuenta de que no sería justo. Aunque nadie lo sabe, Matilde es mi hermana, por lo que si vota por nuestro grupo, los demás nunca sabrán si lo hace porque nuestro grupo es el mejor o porque yo estoy en él.

¡No sería justo!

—Tienes razón —reconoció Marc—. Al final, Marla y Carla van a ser las ganadoras, y encima, gracias a nosotros.

Liseta estaba tristísima y se negaba a aceptar nuestra retirada.

—¡No, no y no! —exclamó sacudiendo la cabeza—. Matilde seguro que decide de manera justa. ¡Sueño con concursar en **Operación Vozarrón**!

—Seguro que ella votaría con justicia —reconocí—. Pero no estaría bien que nadie supiera que Matilde es mi hermana y que, además, está en el jurado; pero tampoco podemos decirlo. **¡Qué dilema!**

Los cuatro (más *Kira*) nos quedamos pensativos y, todo hay que decirlo, con las caras muuuuy largas (especialmente, Liseta). Así estuvimos un buen rato. Hasta que Álex empezó a removerse y contorsionarse, clara señal de que se acercaba la hora de la merienda. Entonces...

—**¡Tengo otra idea!** —exclamé.

—¿Bocadillos de lechuga con tomate y mayonesa? —preguntó Álex relamiéndose.

—No exactamente, aunque tampoco es mala idea —reconocí—. No; me refiero a lo de presentarnos a **Operación Vozarrón**...

—¿Qué se te ha ocurrido? —preguntó Liseta poniéndose en pie inmediatamente.

—Nada, que si yo no estuviera en el grupo... lo de Matilde ya no tendría importancia.

Todos me miraron con cara triste.

—¡Zoé, ésta es la peor idea que has tenido nunca! —dijo Liseta abrazándome—. En **LOS ZOHETTES** estamos todos o ninguno.

—¡Eso! —exclamó Marc—. Como los tres mosqueteros, que en realidad, eran cuatro, como nosotros. Perdón, con *Kira*, cinco.

Volvimos a sentarnos con las caras hasta los pies. Yo estaba dispuesta a sacrificarme para que mis amigos pudieran concursar, pero ellos no querían ni oír hablar de ello. Tenía que reconocer que el gesto de Liseta me había llegado al corazón. ¡Como si a ella no le importaran más que los bolsos de marca! ¡De eso nada! También sabía ser una gran amiga.

—Qué lástima que no podamos utilizar un vestuario tan bonito para concursar... ¡Ayyyyy! Me da una pena... —Liseta se lamentó. Volvía a ser nuestra Liseta.

—Podrás ponértelo para el próximo carnaval —sugirió Álex—. Porque pareces una extraterrestre rockera. ¡A mí me das miedo!

Sin embargo, no todo estaba perdido. Seguro que algo podíamos hacer. Y si no se me ocurría a mí, se le ocurriría a...

¡MATILDE!

Mega estrella al rescate

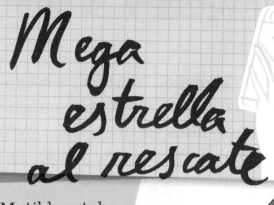

Matilde estaba en casa. Había conseguido llegar, de incógnito, sin que nadie se diera cuenta de adónde iba. Y, sentada en el comedor, con un enorme vaso de leche (y galletas) delante, nos escuchó atentamente.

—Así que no podemos concursar —terminé—, porque eres mi hermana, y aunque sé que tú decidirías sin que eso te condicionara, no es justo para los demás concursantes.

Matilde sonrió.

—Tienes toda la razón, Zoé —dijo mordisqueando una de las galletas especialidad de mamá.

—Ya —protestó Liseta—, pero queremos concursar todos.

Era cierto. Sin embargo...

—Se me ocurre una idea —dijo Matilde sacudiéndose las migas—. No sé si funcionará, pero podemos intentarlo.

Liseta contuvo la respiración. Marc se sentó y Álex... Bueno, Álex se lanzó sobre las galletas que había dejado Matilde en el plato, que aunque no es de muy buena educación, si tienes hambre...

—Voy a llamar a una amiga con la que coincidí en una sesión de fotos recientemente —dijo mi hermana guiñándome un ojo—. A ver si tiene un hueco entre un par de actuaciones —añadió sacando su teléfono móvil.

—Pero ¿es famosa? —preguntó Liseta—. Si no, no vale.

—¡Famosísima! —confirmó Matilde buscando su número.

—O no hace falta —precisó Álex—. Porque a Big Ronnie no lo conocía ni su tía la del pueblo, y era jurado.

—Ésta es mega ultra superarchi famosa —indicó Matilde señalándonos con un dedo que no habláramos.

...ooOoo....

—¿Hola? —saludó por teléfono.

....

—Sí, soy yo, Mati, ja, ja.

....

—No, no pienso prestarte mi vestido de Palentino. Seguro que lo tuneas con un par de chuletas de cordero y unos chorizos criollos, y me lo dejas con peste a barbacoa...

....

—¡¡Ja, ja, ja!! Sí, vi lo de Justin Fieber... ¡No! ¿De verdad? Increíble...

......

—Te llamo porque necesito que me hagas un favor. ¿Dónde estás?

......

—¡Genial! ¿Qué haces esta tarde?

..…

—**¡Hecho!** Ahora te mando la dirección exacta para que se la des a tu piloto. **¡Hasta la vista, Baby!**

No hace falta que diga que Liseta estaba ¡extasiada! Escuchar en directo una conversación entre Matilde y una estrella de la música desconocida era lo más de lo más.

—Ha dicho que viene. Y que sí a todo. Que ya se lo contaré cuando llegue —explicó Matilde.

—¿Y cuándo llega? —preguntó Marc.

—En media hora —respondió Matilde consultando su reloj—. Ah, y llega en avión. En su avión.

¡Guau!
¡Gracias a Matilde, podríamos participar todos!
Pero ¿quién sería la mega estrella que lo haría posible?

Revolución en el vozarrón

Si la llegada de Matilde fue todo un acontecimiento, el aterrizaje y salida de su avión de Lady KK fue un auténtico terremoto.

¡Era ella!

La auténtica, la genuina, la superarchi famosa cantante, amiga de mi hermana y próximo jurado de **Operación Vozarrón.**

Otra vez Mr. Plumilla, el alcalde y todos los importantes de la ciudad vinieron a recibirla, y ella se bajó sin quitarse las gafas y se metió en una enorme limusina, rodeada por sus cuatro guardaespaldas.

¡Guau!

—Eso es ser una estrella —dijo Liseta—. Y que se quite lo demás.

—Pues a mí me parece un poco rara —señaló Álex—. Le ha dado un beso en la calva al pobre Plumi, que de tanto hacerle reverencias le va a dar un dolor de espalda...

Había sido imposible guardar el secreto. El cole entero estaba revolucionado. Todos los alumnos esperaban en el patio a que llegara la mega estrella, mientras Txispa y Mery se dedicaban a quitarle importancia.

—Pues no sé qué le ven, la verdad —se quejó Txispa—. No sé... A mí, lo de ponerte un filete en la cabeza para vender discos me parece un truco muy vulgar.
¡Cantar, eso sí que es complicado!

—Pues si además canta muy bien —repuso Mery, que, en secreto, era muy fan—. Estudió piano y todo. Y canta como mis ruiseñores. Y encima lleva unos modelitos... **¡Tremendos!**

—Bueno, bueno. Seguro que con todos esos avances de la música, cualquiera canta como un ruiseñor. Y a mí me parece que no viste tan bien. Mira, tiene un microgramo de celulitis

—¿Dónde? —preguntó Mery curiosa.

—Ahí, en la uña del dedo gordo del pie. Te presto mis gafas-microscopio, que venían de regalo con la revista **Kotiyeo** para que puedas vérselo.

Mery cogió las gafas-microscopio y puso cara de horror.

—¡Hala! —exclamó—. ¡Qué pasada! No sé cómo se atreve a salir así a la calle. ¡Si casi no se le nota nada!

¡Vaya par de cotillas! Dejaron de hablar en cuanto llegó la estrella, para estirar el cuello y mirarla como los demás.

Todo estaba preparado para la gran final, y por fin, nos enfrentaríamos con justicia a las temibles Carla y Marla. ¿Qué nos tendrían preparado? Porque tenía que reconocer que no eran del todo de fiar...

Para empezar, tomó la palabra nuestro director del cole, Mr. Plumilla.

—Queridos alumnos, estimadas estrellas de la canción, señoras, señores —arrancó—. Tengo el inmenso placer de presentarles a los dos grupos finalistas de la enésima edición de ¡**Operación Vozarrón**!

—¡¡YUJUUUU!! —exclamó Liseta—. Y uno de ellos somos nosotros.

El dire dio unos pasitos de baile, como un pollo saltarín, y siguió con su presentación.

—Y estos dos finalistas son...

¡¡¡LOS BOQUETES!!!

—Bueno, ejem, **LOS ZOHETTES** —precisé sonriendo—, pero la verdad es que se parece mucho.

Mr. Plumilla no pareció molestarse en absoluto. Es más, aseguraría que ni siquiera me había oído. Entonces, el público soltó un aplauso atronador. Y el más fuerte llegó de la primera fila, donde reconocí a Matilde.

—Y el otro grupo finalista es... ¡¡LAS PARLAS DE LA GANGA!!

—¡¡Es Marla & the Gang, Marla & the Gang!!—repitió Marla algo mosca—. ¡PELUSILLA! ¡Más que Pelusilla!

—Bueno, se parece mucho —se disculpó Mr. Plumilla—. Es igual. Las PARLAS, LAS GANGAS, LAS MARLAS..., ¡qué más da! ¡El otro finalista!

Los tres jurados estaban sentados justo frente al escenario. Txispa a un lado, en el centro, LADY KK, y en el otro extremo, Mery MOCKINGBIRDIES y sus ruiseñores en perfecta formación. ¡Qué imagen! Estaba previsto que primero cantaran Marla y Carla, y después, nosotros. Liseta nos reunió para hacernos una última advertencia.

—Tenemos que tener los ojos bien abiertos, pues cuando nos toque, Carla y Marla harán todo lo posible para que nuestra actuación sea... una chapuza.

Álex asintió y abrió mucho los ojos. E incluso se puso unas gafas especiales que le hacen unos ojos como de huevo duro pero con las que ve... todo. Y entonces, Marla & the Gang comenzó su actuación.

Al principio, el mismo sonido de gato al que alguien espachurra el rabo con una puerta, saliendo de la garganta de Carla.

i like POTATO, you like POTEITO

Después, unos pasitos de baile de Marla, y un solo de guitarra eléctrica pasable. Liseta se estaba poniendo nerviosa.

—No lo hacen tan mal, no lo hacen tan mal...

—Déjalas, que no han terminado —avisó Álex.

you SAY TOMATO, i SAY TOMEITO

Entonces, de pronto, se oyeron unos ruidos muy raros, como si el sonido de las tripas de Carla entrara por el altavoz...

¡¡¡GRuuuuOOOncHHHHH!!!

Marla puso una cara muy rara y miró a Carla, que hizo un gesto de no poder hacer nada. Entonces, Carla volvió a espachurrar el rabo al gato cantando pero fatal, y de repente, de los aparatos empezaron a salir chispas con fuegos artificiales y hubo una llamarada en los altavoces, de donde salieron unas columnas de humo...

¡Marla y Carla tenían la cara negra, y el pelo, como si lo hubieran metido en un enchufe!

—¡Que alguien llame a los bomberos! —gritó Mr. Plumilla.

—**Agua, agua...** ¡o algo para apagar las llamas! —gritó Txispa.

Y entonces, desde el techo cayó algo líqui-do... pero de color rojo.

¡¡¡¡CHOFFFFFFFFFFFF!!!!

¡Carla y Marla habían desaparecido bajo una lluvia de salsa de tomate!

Y bien espesa. Pero al menos, se había apa-gado el fuego.

Casting accidentado

El jurado no conseguía cerrar la boca. Bueno, ni el jurado ni nadie. ¡Estábamos boquiabiertos! Si lo de la salsa de tomate era parte del espectáculo, junto al humo, las llamaradas y los fuegos artificiales, de Marla & the Gang, estaba claro que habían conseguido dejarnos a todos muy impresionados.

¡¡¡¡ARGGGGGGGGHHHHH!!!!

Pero el sonido que salió de la garganta de Carla no dejaba lugar a dudas. ¡Alguien les había hecho todo eso a mala idea!

—Parecen un plato gigante de pasta a la boloñesa —señaló Álex.

Liseta tragó saliva antes de hablar.

—Entonces, a mí me parece un poco raro que fueran ellas las que nos encerraran bajo el escenario..., a menos que... —y añadió mirando a Álex— la salsa y todo lo demás lleve como firma una **A** muy grande, **A** de Aplastarlas o de ÁLEX.

—¡Yo no he sido! —protestó la acusada—. ¡Íbamos a concursar de manera limpia y justa! No tengo la culpa si por aquí hay un chalado suelto.

Desde luego, había alguien a quien le faltaba un tornillo. Y no, no debía de ser Álex. Jamás se atrevería a hacer algo así sin consultárnoslo.

—Lo malo es que ahora nos toca a nosotros —señaló Marc—. Y si no son Marla y Carla, quiere decir que también nosotros podemos acabar en modo pizza con salsa al *pommodoro*.

—¡GLUPS! —dejé escapar—. Tenemos que tener los ojos bien abiertos —recordé.

—¿Más todavía? —Álex había vuelto a ponerse sus gafas de huevo duro, y la verdad es que le hacían una cara muy pero que muy rara.

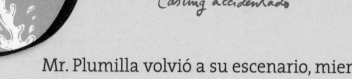

Mr. Plumilla volvió a su escenario, mientras entre todos limpiaban la salsa de tomate.

—¡Qué desperdicio, cáspita! —exclamó chupándose un dedo que se le había manchado de salsa—. Y encima ¡está deliciosa! Bueno, bueno..., pelillos a la mar.

—¡No ha pasado nada! Pero ¿cómo habrá podido caer desde arriba tanta salsa de tomate y tan rica?

La gente empezó a reírse. El jurado empezó a reírse. Hasta Carla y Marla se rieron debajo de su envoltura de tomate, que empezaba a secarse y a convertirse en una costra roja. Mr. Plumilla también se partió de risa justo antes de anunciarnos.

—¡¡Y ahora es el turno del último grupo finalista... ¡¡LOS BONETES!!

Álex fue a corregir a Mr. Plumilla, pero, afortunadamente, Marc la detuvo agarrándola del megatraje con el que nos habíamos vestido para la actuación.

Desde su asiento, Matilde me hizo una señal de que tuviéramos mucho cuidado, y luego, el de la victoria. ¡Teníamos que ganar! Marc se lanzó en un solo de batería impresionante, con *Kira* tocando los platillos con el morro, y Álex desgarró la guitarra tirándose al suelo sobre sus rodillas. ¡Aquello empezaba muy bien!

Entonces, Liseta y yo comenzamos a cantar a dúo...

LOVE IS IN THE AIR

Como veíamos, con los ojos bien abiertos, que no ocurría nada, comenzamos a cantar cada vez más y mejor. ¡Estaba saliendo muy bien!

AND WE LOVE U...

Y entonces, cuando ya no nos faltaba más que el final de la canción, a punto ya de terminar...

¡¡¡OHHHHHHHHH!!!
¡Otra vez!

Noté el vacío bajo mis pies, y desgraciadamente, ya no había un montón de suaves plumas de pato en las que aterrizar, sino barriles repletos de...

¡¡¡SALSA DE TOMATE!!!

—¡Socorro! —gritó Liseta—. ¡Mi traje de Goltier no es tomateproof!

—Por lo menos, podían haber dejado los espaguetis —se quejó Álex.

Fuera, oíamos un rumor de gente, y luego, los pasitos del director, avanzando por los bordes del escenario para no caerse en la salsa.

—¡Estamos bien! —gritó Marc.

¡Arghhhh!

Estábamos bien, sí, pero bien empapados.

—Pues a mí me han gustado mucho las **DOS** actuaciones —dijo Lady KK asomándose por el hueco del escenario—, pero de tener que elegir una, me quedo con la de los fuegos artificiales y la lluvia de tomate... ¡No hay comparación!

Liseta, a punto de llorar, me miró entre los restos de salsa que le cubrían la cara...

¡Qué INJUSTICIA!
Adiós a la fama...
¡SNIF!

Un final a grito pelado

Mr. Plumilla tomó las riendas de aquel desastre rápidamente.

—Señoras y señores: lamentablemente, tenemos que suspender **Operación Vozarrón**... ¡Y encontrar al culpable o los culpables de este desaguisado musical y culinario! —dijo mirando con los ojos muuuuuy abiertos a Carla y Marla.

—¡Pero, Mr. Plumilla, nosotras no hemos sido! —protestó Carla—. ¡Nosotras jamás arruinaríamos nuestra actuación! ¡Sólo la de los otros!

—Es verdad —tuvo que reconocer el director—. ¡Tiene que ser alguna otra persona! **¡Estas criaturas son inocentes!** (pero sólo esta vez) —precisó.

Dos miembros del jurado, Txispa y Mery, se levantaron de sus asientos con intención de marcharse.

—Está claro que no hay un ganador entre estos mostrencos —dijo Txispa—. No podemos elegir entre los maullidos de un gato espachurrado, por muchos fuegos artificiales que le echen, y una panda de chavales dentro de un barril de salsa. Por cierto, **¡qué peste!**

—Pues los del perro con la pandereta no lo hacían tan mal... —apuntó Mery sin sus ruiseñores—. A mí, la chiquilla de los ojos saltones me parece que tiene mucha gracia.

El dire se revolvió inquieto.

—Aquí lo importante es encontrar a ese ser sin alma capaz de malgastar alimentos con tal de destruir las ilusiones de unos jóvenes... ¡¡Quién puede estar detrás de esta fechoría!?

En ese momento llegó Matilde, corriendo desde su asiento de la primera fila.

—A mí me parece que la más sospechosa es... la última en llegar —dijo Txispa mirando con ojos muy abiertos a Lady KK—. ¡Y no miro a NADIE!

—¿Cómo que no miras a nadie? —preguntó Lady KK—. Me estás mirando a mí, y muy fijamente, que es de muy mala educación.

—Y eso que no la ha mirado con las gafas-microscopio de la revista *Kotiyeo* —se chivó Mery—. Con ellas lo ve todo.

—Noto muy malas vibraciones entre estas divas de la música —apuntó Mr. Plumilla—, cuando todas deberían ser amiguitas e intercambiar sus partituras y sus cositas de maquillaje, y quedar para hacer gorgoritos.

Mery sonrió a nuestro dire.

—Yo lo intento —dijo bajando la vista—, pero Txispa siempre me aparta diciendo que soy más cursi que un repollo con lazos.

—¡Es que lo es! —exclamó Txispa—. ¡Que se la lleven o preparo un estofado de ruiseñor para la cena!

Aquello se estaba poniendo muy caliente. Tanto que ni Marla ni Carla ni Álex ni Liseta ni Marc ni yo nos atrevíamos a abrir la boca. Y la salsa de tomate se estaba secando... y cuarteando.

¡Qué situación!

Matilde decidió intervenir.

—Está claro que no ha sido ninguno de los que estamos aquí; tenemos que estar unidos y tratar de encontrar al culpable —afirmó.

Lady KK asintió con la cabeza.

—Muy bien dicho, Mati. Tú siempre tan sensata.

—De nada, Lady —agradeció mi hermana.

Txispa estaba que echaba eso... chispas. Y no se daba por vencida

—Bueno, pues si no ha sido ninguno de nosotros, a ver quién ha podido tener interés en llamar la atención siempre, aunque sea a costa de arruinar este concurso.

—Si me estás mirando a mí otra vez —interrumpió Lady KK—, que sepas que tengo cuenta en la carnicería para llevarme todos los filetes gratis que quiera, y ponérmelos en la cabeza no me da ningún quebradero de ídem. ¡Vamos, que no necesito arruinar tu concursete para que la gente me idolatre!

Matilde salió de nuevo al rescate.

—Yo pensaría más bien en quién tiene interés en arruinar este concurso, que **NO** sea ninguno de nosotros y que esté por los alrededores...

Marc, Liseta, Álex y yo nos miramos.

—A mí sólo se me ocurre uno —dijo Álex—, Big Ronnie, pero no puede ser porque se ha largado, ¿no? Y además, él ganó **Operación Vozarrón**, por lo tanto se lo debe **TODO** a este concurso, ¿NOOOOOOOOOO? —dijo Álex gritando tan fuerte como podía.

—¡Álex! —exclamó Liseta—. ¿Por qué gritas de esta manera? ¡Me vas a taladrar los oídos!

—¡¡PARA QUE SE ME OIGA BIEN!! ¿¿NO LE DEBE TODO BIG RONNIE A OPERACIÓN VOZARRÓN?? ¿¿¿NO ES LO MEJOR QUE LE HA PASADO EN SU VIDA???

Y entonces se oyó un grito desesperado y después un

¡¡¡¡¡NOOOOOOOOOOOO!!!!!

¡Era el VOZARRÓN de...
Big Ronnie!

Y punto final

¡Vaya sorpresa! Big Ronnie seguía allí. ¡No se había ido a ninguna parte!

Lady KK se levantó en ese momento y se quitó las enormes gafas de sol que le cubrían la cara.

—¡QUE TRAIGAN A BIG RONNIE!

Los cuatro guardaespaldas que la acompañaban a todas partes hicieron entrar, sujeto por los brazos, al antiguo jurado.

—Lo hemos sorprendido con un abrelatas y un cargamento de botes de salsa de tomate detrás del escenario —dijo el más cachas—, y lleva escrita la palabra culpable en toda la frente. ¡Caso resuelto!

Y punto final.

—¡No hay ninguna duda! —gritó Marla—
¡Ha sido él!

Por una vez, tenía que darle la razón a Marla, y la verdad es que no me hacía ninguna gracia. Pero habían pillado a RONNIE, como suele decirse, con las manos en la masa. O en la salsa, je, je.

—¡Aquí hay tomate! —añadió Marc—. No me he podido resistir a hacer un chiste malo —se justificó.

¡Y lo habíamos descubierto gracias a Álex!

—Por eso gritabas tanto —afirmó Liseta—, para que te oyera y se destapara.

—Enseguida nos dimos cuenta de que sólo podía ser él —dije—, pero a Álex y sólo a Álex se le ocurrió la manera de que saliera de su escondite.

Big Ronnie estaba totalmente derrumbado, incapaz de levantar la cabeza ni los brazos. Parecía la imagen del arrepentimiento. Mr. Plumilla se le acercó con mucho cuidado.

Y punto final.

—Hijo, no entiendo por qué has hecho una tontería semejante— le dijo en tono cariñoso—.¿Qué sacas estropeando un concurso tan bonito? ¡Tú, que lo hiciste tan bien y te hiciste tan famoso!

El antiguo ganador de **Operación Vozarrón** pareció revivir con las amables palabras de nuestro dire. Irguió la cabeza y lo miró directamente a los ojos.

—¡Odio los concursos! —gritó—. ¡Yo lo gané y miren de qué me ha servido! Nadie sabe quién soy, se olvidaron de mí en cuanto pusieron por la tele la segunda edición y ya no canto más que en la ducha... ¡No es OPERACIÓN VOZARRÓN, es OPERACIÓN DECEPCIÓN!

—Bueno, bueno —terció Txispa—. Mira estos mostrencos lo buenos que son... ¡Van a triunfar con salsa de tomate y todo! Y tú, tendrías que pedir perdón, grandullón.

—No les valdrá de nada; la fama es una ilusión pasajera. ¡Soy Napoleón Bonaparte! Pajaritos a volar... ¡WATERLOO!

Y punto final.

¡Glups! Pobre Ronnie. Daba la impresión de que su súbita fama y olvido por parte del público le había afectado a la cabeza.

—Está como una regadera —sentenció Álex—. Pero necesita ayuda.

Lady KK nos había dejado hablar con el pobre RONNIE, y una vez que se lo llevaron, tomó la palabra.

—RONNIE puede estar un poco majareta, pero no se equivoca del todo —afirmó—. La fama sin algo real no sirve de nada. ¡Y os lo digo yo, que de eso sé mucho!

Liseta hizo como que le picaba el ojo y comenzó a rascárselo. ¡A disimular, que diría Álex!

—Hay que trabajar duro, haga lo que haga uno, ¿verdad, Mati?

—Sí, Lady. Cantar, estudiar, investigar, trabajar... ¡Ser famoso no es una profesión, sino una maldición! —terminaron las dos riéndose.

—Por eso, nosotras tratamos de pasar inadvertidas —dijo Lady KK colocándose sus gafas de sol, gigantescas, por cierto—, ¿verdad, Mati?

—Sí, Lady. Ja, ja, ja...

Marc, *Kira*, Liseta, Álex y yo nos reímos. Se acabaron **LOS ZOHETTES**, los concursos de la tele y la salsa de tomate... ¡Volvíamos a ser La Banda de Zoë!

—Pero entonces —preguntó Liseta—, ¿quién gana?

—Ganamos todos —dijo Lady KK ajustándose las gafotas—. ¡Gana la música! ¡La música!

—Pues yo preferiría saber quién gana, aparte de la música —sugirió Liseta—, si **LOS ZO-HETTES** o Marla & the Gang... y sobre todo —añadió, mirando a nuestro dire— no nos diga eso de que lo importante es participar.

Y punto final.

Y punto final.

—Es que **ES** lo importante —precisó Mr. Plumilla— y no se hable más. ¡Todo el mundo a cantar!

Y entonces, como en las películas que tanto le gustan a mamá, primero se pusieron a cantar Lady KK y Matilde a dúo, y luego se unieron Txispa, Mery y los ruiseñores, Marla, Carla. ¡Hasta Mr. Plumilla! y, claro, Liseta, como cantante solista.

—¡QUÉ PESADILLA! —exclamó Álex—. Si lo sé, dejo que Big Ronnie se salga con la suya, je, je... ¡Esto va a traernos una OPERACIÓN CHAPARRÓN!

Pero al final, ¡hasta Álex se puso a cantar!

¡¡GENIAL!!
(y NO llovió)

FIN

Y punto final.

Índice

la banda de Zoé

Ana García-Siñeriz
Jordi Labanda

Títulos publicados

¡A La Banda de Zoé no hay misterio que se le resista!

¿Quieres viajar con ellos?

DESTINO

La Banda de Zoé

Hazlo tú misma.

1. Recorta esta página por la línea de puntos y pega tu foto en el recuadro.

2. Rellena los datos... y echa una firma en la línea de puntos.

¡YA tienes tu carnet de La Banda de Zoé!

Ahora sólo te falta un caso por resolver...

La Banda de Zoé

Nombre ....

Me chifla ....

No soporto ....

LA PRÓXIMA AVENTURA
DE LA BANDA DE ZOÉ

Nos lleva a descubrir un misterio oculto durante muchos años. ¿Qué esconde la casa de una adorable abuelita antigua profesora del cole, además de una colección de gatitos de porcelana, trece gatos de verdad (algunos muy maleducados) y un piano que suena fatal?

¡Ayuda a la Banda a descubrirlo!

Y si tienes alergia a los gatos, prepárate para pasarlo... muy mal.

¡Consigue tu carnet de La Banda de Zoé!

www.labandadezoe.com